Scomparsi

La fame segreta dei flutti

Gaia Conventi

Sommario

L'acqua inquieta

L'acqua inquieta solletica i pali del vecchio pontile. Li lambisce con fare lascivo, poi si ritrae fintamente pudica. Quei pali hanno subìto anni di abbracci e carezze, lusinghe e ammiccamenti, eppure l'amore rimane platonico. Il pontile fa parte del mondo esterno e per quanto abbia i piedi saldamente piantati nel limo, è estraneo al buio delle profondità. I raggi solari fanno il possibile per illuminare le liquide tenebre ma non arrivano oltre il pelo dei flutti, nemmeno loro possono scalfire l'oscurità della palude deltizia. Possono conviverci, respirarle addosso, ma ciò che non è fatto d'acqua qui rimane soltanto un ospite.

A vegliare sul silenzio dei canneti, un faro. Una costruzione tozza, rosicchiata dalla salsedine e mai tinta di bianco. Ci hanno provato per anni ma la calce

non vuole aderire ai mattoni, come se quel chiarore
non volesse saperne di misurarsi col nero del fondale.

Tutto quel bianco

Tutto quel bianco sarebbe un punto fermo nella bruma di un paesaggio che cambia al variare dei canneti piegati al vento. Rivoli d'acqua che non sono mai gli stessi, una geografia di acqua e piante che pochi sfidano. Audaci nell'entrare nel groviglio d'arbusti ma consapevoli di poter essere ingannati dalla cannuccia di palude, con le sue pannocchie biancastre che spiccano fino a sei metri d'altezza e da lassù sembrano scorgere la libertà che negano agli incauti marinai che hanno osato sfidare il Delta.

Alcuni gabbiani urlano la loro presenza, deridendo le sabbie e gli squarci d'acqua tra le fragmiti. I canneti sono paratie invalicabili all'occhio, un labirinto di canali le cui mappe vengono tramandate durante i filò familiari. Solo così si esiste e si resiste alla natura infida, col passaparola di chi sopravvive: vivendo accanto all'acqua, portandole rispetto, avendone timore.

Il limo, vi dicevo. È questo a rendere nera di pece la nostra acqua, cattiva quasi, come tutto ciò che è insondabile. Soltanto a una cosa è buona quest'acqua, a farci bollire il pesce in una sorta di brodaglia saporita. È il sale, credo. La giusta quantità, forse dovuta al punto in cui spicca il faro: tra il mare e il fiume, dove le due correnti si sfidano e ne nasce un'onda obliqua.

Cefali, storioni e tinche. Il profumo del pentolone ci ricorda perché siamo venuti al mondo e perché facciamo di tutto per restarci. Anche quando la marea sale e cinge la base del faro, o quando il Po scavalca gli argini, mangia la golena in un boccone e si getta con terribile convinzione sulle case che gli convivono accanto. Allora è un turbinare di mulinelli, uno sconquassare di flutti che corrono lungo le strade, un serpente nero che ingoia quanto incontra. Ma non ora, non in questi decenni, il mostro sembra essersi placato. È stato un viavai di ingegneri e sapientoni arrivati dalla città, poi un carosello di scavatrici e operai. Terra da spostare e cemento, tanto cemento.

Dicono d'averlo imbrigliato, il Po. Raccontano d'aver convinto il mare a rimanere al posto che gli compete. L'acqua ingabbiata e resa inoffensiva, l'acqua che finalmente resta negli spazi che l'uomo ha deciso di concederle. Una volta era diverso, quando ero ancora un bambinetto, allora se ne raccontavano di storie, lo ricordo proprio ora, mentre mi occupo della zuppa. La cucina è moderna ma il rituale ha qualcosa d'antico. Qualcosa di macabro.

Passavo spesso di là

Passavo spesso di là, raggiungendo la battigia alla ricerca di conchiglie. Il sole mi tingeva la pelle e le pietre dell'argine mi indurivano i talloni. Le mie gambe magre in un paio di calzoni troppo abbondanti sembravano ballonzolare come il battocchio in una campana. Prima d'essere miei erano stati i pantaloni di mio fratello, perché chi è chiuso in questo spazio aperto prende tutto in prestito. Anche la vita.

Salutavo Nuccio che, con una mano a far ombra agli occhi, scrutava dal punto più alto del faro. Era un'abitudine che aveva da anni, da quando le madri gli chiesero di cercare i figli. Scomparsi, inghiottiti dall'acqua, forse preda dei gorghi infami che qui si formano all'improvviso.

«Arriverà lì» gli aveva detto la prima donna, la prima madre che cercava di farsi una ragione della tragedia che le si era abbattuta addosso, «tutto quanto è stato preso dal Po, viene risputato alla foce». Ed era vero, ma non quella volta e nemmeno le successive. Quei bambini non si videro più, erano finiti sotto il limo nero: li aveva risucchiati e tenuti con sé, nemmeno le bucce fece mai trovare.

Una decina, forse più, forse meno. Chi poteva dirlo? Lasciavano casa, partendo con qualche amico alla ricerca di un po' di refrigerio durante le calde giornate estive. Non tutti rincasavano, e allora giù a dire che là non ci dovevamo andare. Era pericoloso, il fiume era infido. Bambini, state lontani dalla sponda! Ma chi ha mai dato retta ai genitori a quell'età? Così i ragazzini s'infilavano in acqua, lasciando sulla riva gli abiti; un tuffo dalla prua di una barca, giù a piombo, stretti stretti, per vedere a che profondità sarebbero arrivati. Avrebbero sfiorato il fondale? La sfida era risalire con un pugno di quella sabbia, la prova di coraggio da esibire con un sorriso furbo e l'aria di chi, tutto sommato, non ha fatto un granché.

«Potrei riuscirci altre mille volte!», sosteneva il giovane gradasso, sperando che nessun amico gli chiedesse di rifarlo. Ci voleva coraggio nell'inabissarsi e altro coraggio nel dirsi capaci di ripetere l'impresa, sentendo in cuor proprio che se la prima volta si era stati fortunati, non era detto la buona sorte avrebbe replicato la cortesia.

Nuccio stava lì e forse sperava di vedere almeno l'ultimo, quello che il Po aveva mangiato qualche giorno prima. I carabinieri lo dipinsero fin da subito come una bestiola in fuga, del resto aveva rubacchiato dal fruttivendolo, probabilmente si era nascosto nel timore di prenderle. Tornerà, dissero, vedrete che uscirà dalla tana in cui si è rifugiato. Ma loro erano carabinieri, gente di città, ragionavano così. Non dovevano tener conto dei canneti che all'ultimo imbrogliavano la mappa delle vie d'acqua e dei gabbiani che ridevano di chi si trastullava in eccessive certezze.

Tra noi solo Nuccio sembrava essere in attesa di quel giovane, ma non a casa, no, lui sperava di vederselo passare all'orizzonte. «Almeno uno», ripeteva, «almeno uno». Si augurava che il suo stare di guardia non fosse vano, ritrovarne almeno uno sarebbe stato beffare le tenebre.

«Non puoi tenere tutto per te» urlava a volte da lassù, ma il vento portava via la sua rabbia e la gente dabbasso non avrebbe saputo dire se Nuccio imprecasse contro se stesso o contro i santi che lì l'avevano fatto nascere e invecchiare.

Eravamo amici io e lui, cosa strana, non tanto per la differenza d'età, quanto per il fatto che io non so nuotare. Vi sembrerà assurdo ma il non toccare l'acqua mi ha sempre reso malvisto; i miei coetanei mi davano del codardo, l'eco sbatteva contro l'argine che ci separa dal Veneto e quell'infamia mi tornava all'orecchio ingigantita. Io incassavo e tacevo, in fondo avevano ragione. Ero un fifone, lo sapevo e sapevo anche che non potevo vincere quella paura. L'acqua era per me un mostro, un grande uomo nero dall'impermeabile umido. Così vagavo senza meta, lasciando le mie orme sulla battigia e scrutando la rena; facevo incetta di conchiglie, e questa era l'unica cosa che mi legava a tutta l'acqua che mi sopravviveva attorno.

Nuccio mi fece il solito cenno e io mossi il capo per fargli capire che avevo inteso. Corsi nella bassa costruzione alle spalle del faro e col lungo mestolo di legno agitai quel che galleggiava nel pentolone. Non sapevo esattamente di cosa si trattasse, lo sgabello che Nuccio lasciava a mia disposizione faceva sbucare giusto la mia fronte oltre il bordo del grande paiolo. Gli occhi no, non ancora. Alzavo le braccia quanto potevo e armeggiavo col mestolo all'interno della pignatta, smuovevo la zuppa e ne gustavo il profumo.

«Quando sarai più grande te la farò assaggiare», mi prometteva lui da tempo. «Perché non subito?» dicevo io, facendogli fretta ogni volta che me lo ripeteva. L'aroma sprigionato da quella magica pozione era delizioso, perché non potevo averne una ciotola? Ne discutevamo spesso, sulla sommità del faro da cui Nuccio non scendeva mai. Lui mi guardava bonariamente, mi metteva una mano sulla testa e, mantenendola alla stessa altezza, la muoveva fino a farla aderire di taglio alla curvatura del faro. «Un altro mattone e ci siamo», mi prometteva.

Mentre la sua attenzione era rapita dal bagliore del mare mi misuravo da solo, ma quel segno sulla parete sembrava inarrivabile. Così non potevo guardare nel pentolone e non potevo nemmeno assaggiare quella che sapevo essere una vera prelibatezza. Me lo diceva il profumo e lo ribadiva il fare cospiratorio di Nuccio. Prima o poi mi avrebbe svelato l'arcano ma c'era tempo, ripeteva, e lui il tempo lo misurava col sole. Dalla sommità del faro.

Nuccio viveva lassù e non ne scese mai, non gli piaceva incontrare gente. Sosteneva che se in paese avessero urlato il suo nome, da quel punto avrebbe potuti sentirli e rispondere prontamente. Non aveva senso starsene giù tra le dune e le rade sterpaglie, visto che c'era suo fratello a provvedere a tutto. Io Baldo non l'ho mai incontrato, probabilmente era lui che si occupava d'andare a pesca, mi dicevo, e di mettere l'acqua a bollire. Pareva che solo Baldo conoscesse l'ingrediente che dava l'inconfondibile profumo alla zuppa che ribolliva in cucina. Nemmeno Nuccio sembrava saperne nulla, forse perché anche lui non arrivava al segno, quello che ti diceva d'essere abbastanza grande per conoscere un segreto. Gli adulti avevano un segno per ogni cosa ma i bambini venivano a saperlo solo quando crescevano, a quel punto i piccoli capivano d'aver raggiunto quel mattone, proprio quello che gli permetteva d'intuire che al mattone successivo avrebbero appreso di più. C'era sempre un segno a dirti grande abbastanza e anche Nuccio doveva avere il suo.

Strano, mi dicevo ripensandoci, Nuccio era già grande ma suo fratello lo trattava come un bambinetto. Sarà perché Baldo è il maggiore, e tanto mi bastava a spiegare il riserbo che aleggiava sull'argomento.

C'è sempre qualcuno più adulto di te e un mattone a cui tendere, la vita è un continuo salire. Un po' come i gradini che portavano alla sommità del faro, stretti e ripidi. Una scala a chiocciola che faceva girare la testa e ti invitava a correre per ritrovare il cielo oltre la botola della sommità. Lì la lampada e il suo sistema di lenti ti avvertivano che almeno quella tacca la potevi conquistare, il faro aveva le sue leggi e io mi fidavo di

Nuccio e dei suoi racconti. Sapevo che prima o poi mi avrebbe narrato anche i segreti della zuppa.

«Deve essere timido, tuo fratello – gli dissi un giorno –, quando ci sono io non si fa mai vedere». Nuccio mi passò una mano sulla testa e ce la tenne appoggiata un attimo, la sentii pesarmi addosso come un'ammissione di resa. «Non è una bella persona – mi confidò – e anch'io lo vedo poco. Il tempo di mangiare assieme una scodella di zuppa, poi se ne va. Non siamo molto uniti, ma forse è meglio così. Siamo fratelli ma non ci somigliamo. Non abbiano niente da dirci, siamo come due parabordi che sbattono contro la murata. Reagiamo alla stessa onda, niente di più».

Mamma era contenta quando passavo a trovare l'uomo del faro, diceva che dovevo tenere i piedi ben posati a terra senza mai sporgermi dai pontili ed evitando di seguire gli amici sulle rive del Po. Non le dissi che non avevo più amici, ne avrebbe sofferto. Non potevo darle questo dispiacere, non dopo la morte di Zecchino, mio fratello. Io però non l'ho mai conosciuto, sono arrivato con qualche mese di ritardo, mamma aspettava me mentre perdeva lui. In paese non pronunciavano mai il suo nome, lo chiamavano *Secondo*, semplicemente. Così come, in seguito, hanno ribattezzato *Terzo* il ragazzo scomparso dopo di lui.

Il bambino che Nuccio si augurava di trovare era *Decimo*, e anche lui aveva già perso il nome di battesimo. Qui l'acqua ti toglieva proprio tutto, tranne le conchiglie che ti rendeva con la marea.

Nuccio, dall'alto, mi osservava entrare nella povera cucina dove il paiolo borbottava e i vapori dolciastri avevano la meglio sul rancido e l'umidità delle vecchie tramezze. Era contento sapendomi lontano dal fiume, lo diceva con una nota d'imbarazzo, forse capiva quanto mi pesasse questa paura, quanto mi rendesse alieno agli occhi dei miei coetanei.

Lui viveva al faro da sempre, era stato suo nonno a costruire quel baluardo; dissero che ne serviva uno e lui si mise al lavoro. Le chiacchiere raccontavano volesse restare lontano dal paese, soprattutto per sottrarre la procace giovane moglie agli occhi vogliosi di molti. La bella Adalgisa qui si fece burbera e vecchia, salata e mordace quanto l'aria che si respira alla foce.

«Mia nonna fumava la pipa – mi disse un giorno Nuccio –, lo faceva mentre il nonno era in galera, il suo era un modo per fargli dispetto». All'inizio non capii se mi stesse raccontando qualcosa di vero o se fosse una delle fole con cui mi raccontava del Delta. Lui, vedendomi titubante, mi mostrò l'arnese ricavato da una grossa pannocchia, terminante in un lungo bocchino di canna. La presi in mano ma lui mi fece promettere che mai l'avrei portata alla bocca, non era una cosa sana, nemmeno con la brace spenta, quando il sapore del tabacco rimaneva solo vagamente amarognolo sulla punta della lingua. Mi decisi quindi a chiedergli perché mai suo nonno avesse fatto quella fine, non poteva certo raccontarmi la storia a metà per poi cavarsela col solito "sei ancora troppo piccolo". Riprese la pipa e la tenne in grembo, mi guardò negli occhi e fui quasi obbligato a sedermi a terra, accanto ai suoi piedi. Lui stava curvo su di una bassa sedia impagliata, alla giusta altezza che permette ai pescatori di riparare le reti senza chinarsi troppo.

«Nonno ha ammazzato il barcarolo», attese la mia reazione ma io rimasi in silenzio, pregustando il resto. «Il traghetto che dalla sponda veneta porta qui», chiarì. «Secondo il nonno quel tale veniva al faro troppo spesso. Così una notte era sceso e in cucina, accanto a quel paiolo che hai imparato a conoscere tanto bene, sorprese lui e la nonna. Calzoni calati e gonna per aria, capisci cosa intendo?» e mi fece l'occhiolino come a suggellare il mio primo passo verso quel segno che mi separava dall'assaggiare il brodo. Dissi che sì, capivo, in realtà non avevo la malizia necessaria a cogliere in quelle poche parole il movente di una simile tragedia. «Lo infilzò con la roncola – aggiunse –, mentre la nonna guardava e taceva. Sapeva d'averla combinata grossa, avrebbe potuto fare la stessa fine eppure visse passando gli ottanta. Me la ricordo bene, la nonna, dura e spigolosa come le assi del pontile. Tirò su così anche mio padre, a lui lasciò il faro e la pipa».

«E tuo nonno?», mi sorpresi a chiedere.

«Ci morì in galera, ma è destino della famiglia veder crepare gli uomini e lasciar campare le donne. Mio padre ha fatto la stessa fine, proprio qui nel faro».

«Ucciso da qualcuno?» gli chiesi con un fil di voce. Lui rise, «Macché, un infarto», e continuò a sghignazzare.

Mi piaceva Nuccio, trovava divertente anche una disgrazia, mentre fumava la pipa con convinzione, guardando il fumo azzurro che si levava dal minuscolo braciere.

Raccontai a mia madre di quel segreto, lo feci una sera, mentre lei mi aiutava a svestirmi. Ero in piedi sul mio letto e lei mi sfilava la camiciola di cotone. Ad un certo punto rimase a metà della faccenda e io mi ritrovai con la testa infilata in quel sacco, le braccia per aria ancora imprigionate nelle maniche.

«Non dare troppo peso a quel che racconta il vecchio, anche a lui hanno narrato questa storia, e forse con gli anni ha semplicemente finito per crederci». Sfilai la testa e la scossi, i capelli mi erano finiti davanti agli occhi e non potevo specchiarmi in quelli di mia madre.

«Davvero mamma? Allora non è morto nessuno?» chiesi speranzoso, forse era soltanto l'ennesima favola che Nuccio mi narrava, gli piaceva spaventarmi un poco, di solito finiva con l'usuale raccomandazione, "stai lontano dall'acqua e non ti capiterà mai nulla di brutto". Era la sua scuola di vita, pratica e diretta, anche se non capivo cosa potesse avere a che fare una roncola con il turbinare assassino del Po.

Mamma mi fece coricare e mi rimboccò le coperte, lo faceva nonostante fossi già troppo grande per queste attenzioni, ma non glielo dissi mai. Sapevo che la perdita di *Secondo* mi aveva reso il suo pulcino e tale sarei rimasto per sempre.

«Te lo dirò, ma non farne parola a Nuccio, quell'uomo ha sofferto tanto», non sapevo a cosa si riferisse ma se era un segreto voleva dire che stavo per guadagnare un'altra tacca sul faro, ancora un mattone e sarei stato grande.

«Il nonno di Nuccio amava molto la moglie, tanto che aveva deciso di rintanarsi là, al faro». Io questo già lo sapevo, glielo dissi ma lei con una mano mi fece cenno di tacere. «Non per tenerla lontana dai paesani – continuò –, quanto per poterla avere sempre sott'occhio, per scrupolo e timore». Ma io non capivo, quella era la stessa versione che mi aveva raccontato Nuccio. Mia madre, donna paziente, si sedette accanto a me e continuò a raccontare. «La nonna di Nuccio era strana, a volte perdeva la testa e diventava aggressiva.

Capisci? È per questo che in paese tutti pensano sia stata lei a fare del male al barcarolo».

Ci pensai su un momento, valutando la vicenda. Chiesi a mia madre perché il marito si fosse preso la colpa. Mia madre mi accarezzò la testa, «Non puoi capire, sei troppo piccolo ancora. Diciamo che in quegli anni uccidere l'amante della propria donna era considerato un delitto d'onore, se si fosse saputo che invece era stata Adalgisa a commettere il fatto... chissà, forse l'intero paese sarebbe andato a prenderla al faro, con gli uomini armati di forcone».

Stavo già per prendere sonno ma una domanda sembrava essersi insinuata tra le mie ciglia, impedendomi di tenere gli occhi serrati. «E la roncola?» chiesi a mia madre con un filo di voce. «Non saprei dire – e scosse la testa –, il corpo del barcarolo non l'hanno mai trovato».

Povero Nuccio, mi dissi, la nonna era matta e lui continuava a tenerla in così tanta considerazione, mentre fumava quella pipa. Adesso volevo saperne di più, la storia non poteva essere tutta qui, se Adalgisa era un'assassina… Un brivido mi percorse la schiena: avevo sempre pensato che in questa landa di terra e canneti l'unico mostro fosse nell'acqua.

Questa scoperta mi faceva sentire un pochino più alto, mancava poco per essere abbastanza grande da conoscere il resto. C'era un mondo precluso a noi bambini, un mondo che ero intenzionato a conoscere.

Quando tornai al faro, il mattino dopo, Nuccio era al suo solito posto. Impettito come l'asta di una bandiera scrutava l'orizzonte, alle sue spalle la grossa lampada sembrava dormire. Mi fece segno con una mano, non c'era da girare la zuppa, in effetti l'aria tersa mi rimandava soltanto il profumo dello sparto sulle colline di sabbia. Misi le mani a imbuto davanti alla bocca, gli urlai se potevo salire. Lo vidi annuire o forse mi parve, sapevo che mai mi avrebbe detto di no. Io e Nuccio eravamo amici.

L'interno del faro era freddo e umido, le pareti tenevano lontano il calore del sole e ne facevano una torre inespugnabile. Sarebbe bastato sprangare la pesante porta d'ingresso per bloccare il passo a chiunque. Chissà, forse era stata questa la valutazione fatta dal nonno di Nuccio quando aveva preso su di sé la colpa di quell'omicidio. Nessuno avrebbe potuto sorprendere Adalgisa, da lassù era possibile vedere per chilometri e, dabbasso, serrare l'uscio prima dell'arrivo di malintenzionati.

Il faro era un castello, mi dissi, ecco perché il mare non riusciva a mangiarlo. Arrivava a lambirlo, a volte entrava e lasciava un segno d'acqua sulle pareti.

Nuccio accanto a ogni tacca lasciata dal mare incideva la data con la punta di un coltello. Era il suo diario, diceva lui, raccontava di quando il drago era entrato ma il castello l'aveva respinto. Il faro era davvero una fortezza, saperlo mi metteva tranquillo. Lassù l'acqua non poteva arrivare e anche quando tentava di farlo, veniva scacciata.

Nuccio fumava la pipa seduto su quella sedia dalle gambe troppo corte. Mi accolse al piano ammezzato, dove aveva una branda e un tavolo. Alle pareti curve erano state fissate delle carte nautiche, ingiallite dal tempo. Segnavano le correnti e le secche, senza conoscerle si andava poco lontano.

«La si aspira?» gli chiesi indicando la pipa.

«Mai, soprattutto questa», sentenziò. Non capii cosa avesse di diverso dalle sue simili e mi decisi a chiederglielo. Lui ne fu sorpreso e si lasciò andare a un colpo di tosse, più per prendere tempo che non per il reale bisogno di schiarirsi la gola. «Perché qui dentro è stato fumato tabacco e - toccandosi la tempia con l'indice - pazzia».

Rimasi perplesso, cosa cercava di dirmi? E se era tanto pericoloso portarla alla bocca, perché lui si ostinava a farlo?

«È una prova di coraggio – si decise infine a spiegarmi,– se non divento matto vuol dire che con l'andare delle generazioni mi sono fatto gli anticorpi buoni», e dalla sua bocca uscì un rivolo di fumo. «Tu però non starmi troppo vicino che sei ancora piccolo» e questa faccenda d'essere troppo moccioso per qualsiasi cosa mi pesava addosso come il limo su quei bambini mai più tornati a casa.

«Perché tuo papà è morto?» chiesi mentre giravo da un capo all'altro, osservando le mappe nautiche appese.

«Non c'è un motivo, si vede che era il suo momento», fu la sua spiegazione.

«E tua mamma... e tua nonna?», mi chiedevo se anche loro avessero mai messo a dormire Nuccio bambino, aiutandolo a svestirsi.

«Le donne della mia famiglia campano a lungo», disse soltanto. Quasi che il fatto esaurisse quanto c'era da dire su di loro.

«Ma tu non hai una moglie, vero?», mi guardavo attorno e mi dicevo che non avevo mai visto nessuna signora in quel posto e il disordine faceva pensare ce ne sarebbe stato bisogno. In un angolo erano accatastati faldoni di vecchi giornali, un secchio di plastica scolorito dal sole, una cazzuola, una vecchia lanterna. C'era anche un grosso baule, chiuso da un catenaccio.

Nuccio morse un poco il bocchino della pipa, un gesto che gli avevo visto fare raramente, di solito il vecchio non era nervoso, non come ora, almeno. Avrebbe anche potuto evitare di rispondermi, dirmi che certe cose non mi riguardavano o, peggio, che ero troppo piccolo per venirne messo al corrente. Ma Nuccio non era un adulto come tutti gli altri, o forse gli sembrava che quella cosa fosse il momento di dirmela.

«Io e mio fratello abbiamo deciso di vivere qui, da soli. Pare che ogni donna arrivata nella mia famiglia prima o poi perda il giudizio. Non so come spiegartelo meglio, anche noi facciamo fatica a comprenderlo».

«Ma tua madre – e deglutii –, lei non ha ucciso nessuno, vero?». Per un attimo guardò la parete e temetti volesse di nuovo misurare la mia altezza, forse ci eravamo spinti troppo oltre. Invece continuò e pareva che ogni volta fosse uno sforzo, come se certe confidenze non le avesse mai fatte a nessuno.

«La rinchiudemmo qui subito dopo la morte di mio padre. In questo faro, proprio come ora capita a me. Anche Baldo non vuole che io scenda».

«Ma tu non sei pazzo!» esclamai. Ero sconcertato, nel mio piccolo mondo di bambino quella era una prevaricazione inconcepibile. Non avevo mai conosciuto mio fratello *Secondo* ma ero certo che mai mi avrebbe trattato in quel modo.

Lui si alzò e guardò ancora il mare aperto o ciò che da lì sembrava tale, in quella grande pozzanghera d'acqua bassa che lambiva la costa.

«Forse ha ragione lui, almeno qui ho un compito da portare a termine. Giù per me non c'è nulla». Immaginai avesse preso talmente a cuore la faccenda dei bambini che il paese aveva perduto da sentirsi obbligato a non staccare mai lo sguardo dalla foce. Aveva promesso a se stesso di ritrovare quei piccoli corpi ormai senza nome, numeri di un conteggio che nessuno sapeva se attribuire alla disgrazia o al fato. Per quanti ce ne fossero, lui li avrebbe riportati in paese. Ed era ormai l'unico a crederlo ma mai glielo avrei detto.

Qualche giorno dopo mi arrischiai a chiedergli se pensava ci sarebbe stato presto un altro corpo da cercare all'orizzonte.

«Li aspetto tutti – mi rispose – per quanti siano, prima o poi salteranno fuori». «Anche dal limo? Mia madre dice che le sabbie del fiume ingoiano tutto...» di questo ero sicuro, mamma me lo ripeteva sempre, serviva a spiegare perché non avessimo una lapide su cui piangere.

«Lei è una donna, cosa ne può sapere? I ragazzi sono qui, aspettando solo d'essere ricondotti alle loro case». Nuccio era fiducioso; del resto, mi spiegò poi mia madre, anche lui doveva dare un senso a quella solitudine.

Era un sabato mattina quando mamma mi mandò dall'uomo del faro, gli portavo un po' di verdura dell'orto, era il suo modo per ringraziarlo di tenermi lì, lontano dai pericoli del fiume.

Da lassù mi indicò la cucina, bassa e annerita. Lasciai il cesto sul tavolo e prestai orecchio al pentolone. Non stava bollendo, sembrava un animale addormentato e potevo avvicinarmi senza doverlo tenere a bada col mestolo di legno.

Sapevo che salire sullo sgabello non sarebbe bastato, mi decisi quindi ad agguantare il bordo con le mani ben strette. Mi issai piantando il palmo dei piedi contro il paiolo. Riuscii a salire di quel tanto che mi permise di sporgermi al suo interno. Rimasi deluso da quanto vidi, sul fondo c'era solo una spanna di grasso denso, quasi traslucido. Cosa avrei dato per conoscere il segreto di quella pozione! Ma se Nuccio non lo sapeva, voleva dire doverlo chiedere direttamente a suo fratello. Baldo però non l'avevo mai visto. Sapevo che c'era, a volte, in cucina mi pareva di vederne i movimenti furtivi. «Abita lì – mi spiegò Nuccio –, accanto al paiolo. Quando non lo mescoli tu, ci pensa lui».

Salii per andare a salutarlo e lo trovai stremato. Era nervoso e fumava la pipa con lunghe boccate. «Baldo dice che la vuole» e alzò la mano con cui teneva il rimasuglio di pannocchia dal lungo bocchino. «Sostiene che ora tocca a lui stare qui a scrutare l'orizzonte, e io devo scendere a rimestare nel pentolone».

Era davvero spaventato ma io trovai fosse una buona notizia, ora finalmente poteva scendere. «Non sei felice di riavere la tua libertà? Adesso puoi andare dove vuoi... magari i bambini scomparsi li puoi cercare lungo la riva del Po!», mi sembrava una soluzione ottimale ma lui si sedette affranto.

«Passeranno di qui e io non li vedrò, li troverà lui, mentre a me spetterà prendermi cura della zuppa». Faceva scorrere la mano lungo la linea dell'orizzonte come se davvero, un giorno, quei ragazzini inghiottiti dal fiume potessero sfilare uno dopo l'altro in orizzontale. Una processione di giovani corpi che finalmente avrebbero trovato la pace della terraferma.

Rimuginai un attimo, deciso a risollevargli il morale, doveva pur esserci qualcosa di positivo in quel cambiamento.

«Ci pensi, Nuccio? Se a te tocca il paiolo, potrai finalmente conoscere il segreto della zuppa!», mi sembrava un fatto degno di nota. Ce l'eravamo chiesti tante volte cosa fosse quel profumo che arrivava dalla cucina su fino alle nostre narici, all'estremità del faro.

«Credo di non volerlo sapere» disse soltanto, e mi accompagnò al piano ammezzato, dicendomi di stare attento. Non disse di stare lontano dall'acqua, mi fece invece promettere che avrei tenuto gli occhi aperti e sarei stato pronto alla corsa. Scappare il più velocemente possibile da ogni cosa potesse farmi paura. Non era il Nuccio di sempre, pareva volesse mettermi in guardia da qualcosa di reale, non era la solita raccomandazione fatta a un bambino che non sa nuotare.

Doveva trattarsi di Baldo, e la pelle d'oca mi sfece scordare il caldo di luglio. Scesi le scale del vecchio faro guardandomi attorno, quegli scricchiolii parevano diversi, come se anche le vecchie assi subodorassero la tragedia. Uscii in un lampo nell'aria rovente, e – stando ben lontano dalla cucina – mi diressi a casa. Ero sull'argine quando, attratto chissà da cosa, decisi di voltarmi verso il faro. Nuccio era là, sulla cima, e mi salutava agitando le mani. Non l'aveva mai fatto prima e questo mi mise in allarme. Mi diressi verso il paese e capii che non potevo più ritornare da Nuccio. Se suo fratello voleva la pipa, sarebbe salito a riprendersela.

Mia madre mi chiese spesso perché non fossi più tornato da lui; una volta sola, stando a debita distanza, cercai Nuccio accanto alla lanterna. Non c'era, non c'era più nessuno a scrutare l'orizzonte alla ricerca dei bambini inghiottiti dall'acqua. Lo dissi a mamma e fu così che lo trovarono, quando ormai la pipa di pannocchia aveva avuto la meglio.

Notti prima

Notti prima, nonostante la massiccia porta serrata, Baldo era sgattaiolato fino al nido d'aquila in cui Nuccio viveva da tempo. Rimase un attimo in contemplazione, l'odore del sale pareva migliore annusato da tanto in alto, forse perché dabbasso la cucina era ormai impregnata come una spugna dal vapore del grande paiolo.

Baldo aveva affrontato Nuccio mettendo in chiaro ciò che per lui era ormai un dato di fatto. «Non posso occuparmi io di tutto – gli ripeteva –, non posso badare al fiume mentre tu te ne stai qui ad aspettarli».

«Dobbiamo trovarli, dobbiamo renderli alle loro madri, è un nostro preciso dovere». Nuccio mugolava, sapeva che prima o poi sarebbe accaduto, ma quello era un cambio che non avrebbe portato a niente. Lui non sapeva badare alle acque e al limo come suo fratello faceva da tanti anni, soprattutto non se la sentiva di pagarne il prezzo.

Baldo prese una bottiglia di vetro piena d'acqua e iniziò a impastare cemento in quel secchio di plastica che da tanto rimaneva in un angolo. Era lì da sempre, attendeva solo venisse il suo momento.

«Non puoi fare questo, Baldo, senza di te sarebbero tutti perduti» argomentava vile, steso sulla branda mentre il fratello – mattone dopo mattone, facendo scivolare lenta la cazzuola – erigeva il muro.

«Voglio lasciare il faro – chiarì Baldo –, voglio dimenticare tutto. Andrò dove la terra è solida e dove i canneti non scuotono la testa. Ci sarà acqua solo dai rubinetti e attorno strade e case che non hanno mai udito i lamenti dei gabbiani».

«E mi lasci qui, sapendo che non potrò prendere il tuo posto?». Baldo lo guardò con compatimento, sapendo che anche lui, come il piccolo moccioso che veniva a fargli visita, non sapeva nuotare.

Il muro cresceva solido, accanto alla parete curva; sulla brandina spoglia, Nuccio guardava suo fratello. Non era certo l'avrebbe fatto davvero, eppure quello procedeva spedito, con in bocca la pipa del nonno.

«Sarà doloroso lasciare il faro» disse Nuccio preoccupato, ma Baldo rispose che non poteva fargli peggio di quanto stare dabbasso avesse comportato in tanti anni. Intanto raschiava il fondo del secchio, girando la cazzuola con perizia, come in tanti anni aveva fatto con la zuppa.

La luce calava in quell'angolo del faro, accanto alla branda una vecchia lanterna a olio. «Accendila, se vuoi», gli disse Baldo. Il brillare fioco di quella luce diede a Nuccio l'esatto ordine delle cose: suo fratello lo stava murando vivo.

«Perché? – gli chiese -, perché non puoi lasciarmi quassù? Scordati di me, fammi rimanere dove sono sempre stato. Vattene, non dirò niente. Lo giuro».

«Lo farai, Nuccio. Prima o poi verranno a chiederti di me e tu ti lascerai sfuggire la verità. Tra poco il bambino che passa a trovarti arriverà al segno, quello a cui hai promesso di svelargli il nostro segreto. E tu parlerai. Lo farai perché in cuor tuo già conosci cosa c'è in quella zuppa e perché, pur sapendolo, te ne sei nutrito. Proprio come me».

Nuccio si portò le mani al viso, coprendosi gli occhi davanti a quell'orrore. Non era vero, lui non sapeva, Baldo non gli aveva mai detto niente della zuppa, non sapeva, non sapeva... Continuò a ripeterselo in testa, in silenzio così che Baldo non potesse canzonarlo ancora. Quando smise di compiangersi riuscì a chiedere dove fossero loro, dove avesse nascosto i bambini perduti, il macabro tributo al fiume e alla tenuta dei suoi argini. Baldo gli sorrise scuotendo la testa, con la mano a mimare il gesto del mestolo.

In quel momento Nuccio capì d'averlo sempre saputo. È così, ammise a se stesso, non era stato il fiume e non sarebbe stato il mare a riportarli a casa. Non avrebbero rivisto le madri: il suo scrutare l'orizzonte era stato vano. Non avrebbe mai potuto ricondurre i bambini in paese. Non era stato il limo, piagnucolava, non erano state le correnti: era stato suo fratello. Baldo aveva placato la fame delle liquide tenebre nutrendo la propria. Aveva omaggiato il fiume e si era premurato di nascondere il tributo.

Rimaneva soltanto una piccola finestra a congiungere i loro due mondi, quello di chi fa e quello di chi attende. Baldo aveva consegnato al Po la carne che chiedeva, vite spezzate per consentire agli altri di sopravvivere, su quella terra così poco distante dal limo. Nuccio, invece, li aveva cercati lontano dall'acqua, lontano dal mondo. L'acqua prende e l'acqua rende, si era sempre ripetuto Nuccio, non capendo che la gabella imposta da un luogo tanto ostile impone che agli uomini non venga concessa tregua e nemmeno un corpicino su cui piangere.

Il fratello con la pipa guardava l'uomo su cui stava per calare il buio. «Tra poco l'olio si sarà consumato ma sappi che non ti lascio solo», infilò una mano in quel pertugio e gli indicò il baule, ora privo del solito lucchetto.

Nuccio si mise carponi e raggiunse la cassa, dentro un rumore strano, come di conchiglie squassate tra i palmi chiusi. Con timore alzò il pesante coperchio e si trovò di fronte al biancore di piccole ossa. Ulne e peroni ammonticchiati in un macabro shangai, e i teschi, dio mio!, quelle orbite che lo osservavano con fare stizzito. Li aveva cercati all'orizzonte, ma i bambini perduti erano sempre stati lì, al faro, deridendo le sue ricerche e urlando la colpa di Baldo.

«Come hai potuto?», urlò al muro ormai del tutto chiuso, argine tra lui e la follia di Baldo. «Non ti odio, fratello» gli rispose lui di rimando. «Metti una mano sotto la branda, puoi ancora scegliere...», Nuccio si ritrasse dal baule senza perdere di vista i sorrisi di quelle mandibole, piccole e feroci, con denti di squalo. La sua mano scivolò sulla pietra umida del pavimento, la polvere gli rimaneva appiccicata alla mano sudata.

Faceva caldo in quell'angolo ricurvo e chiuso dal muro che Baldo aveva alzato con così tanta convinzione. Le dita incontrarono qualcosa di freddo, poteva essere la canna di un fucile, e giunto al grilletto ne ebbe la certezza. Suo fratello gli aveva lasciato una doppietta, un modo per togliere il disturbo senza morire di stenti in quella prigione buia.

«Come il nonno» si scoprì a dire ma la voce lontana di Baldo lo raggelò: «No, lui non è mai uscito da qui, il nonno è passato nella zuppa, come i tanti dopo di lui. Non volevi forse conoscere il mistero di quel brodo di cui ci siamo nutriti per anni?».

Nuccio lanciò un grido che diruppe in un conato, tossiva e sputava polvere e ricordi di carne e zuppa. Impugnò il fucile e fece fuoco, con rabbia, contro quel muro. La detonazione lo assordò ma riuscì comunque a sentire la risata di Baldo. «Hai fatto la tua scelta, Nuccio» e la voce sparì nel ronzio dei suoi timpani.

Silenzio e caldo, una nenia usciva dal baule, quei poveri resti si lamentavano o forse ridevano di lui. Non poteva sopportarlo, si disse, allungandosi quanto possibile per chiudere la cassa. Fu in quel momento che col piede urtò qualcosa, un manico di legno e, risalendo con le dita, la spatola incrostata di una cazzuola. Rimase raggelato, allungò la gamba e sentì d'aver urtato il secchio, quello in cui aveva impastato cemento e acqua buona.

Portò una mano alla bocca per soffocare un grido e si ritrovò a stringere nel palmo la pipa del nonno. Non può essere, urlò, non posso avere fumato tabacco e pazzia, non posso aver ucciso tutti quei bambini. Non io, lui!

Prese la doppietta e la poggiò alla base del muro eretto da qualcuno che gli stava dentro, nella testa, come un verme in una mela. Si allungò per raggiungere il grilletto, doveva farla finita, subito. Viveva da troppo tempo con quel mostro e solo ora si rendeva conto d'averlo sempre accudito, dandogli riparo. Sapeva che era stato Baldo, conosceva la sua ferocia. Aveva fatto di tutto per non pensarci, fingendo non fosse vero. Ma ora tutto appariva chiaro, sentiva nei bicipiti lo sforzo di tenere sott'acqua quelle teste. Vedeva, come in un film dalla pellicola sbiadita, le bolle d'aria risalirgli lungo le cosce e lo squassare d'acqua di piccole mani alla ricerca d'ossigeno e salvezza. Il fiume non poteva avergli chiesto così tanto, non c'era motivo al mondo per quel bollore nel paiolo e quel girare di mestolo.

«Mio Dio – farneticò –, alla fine li ho trovati, ho saputo il segreto della zuppa. Uccidendomi ne salverò molti altri, sarà solo un attimo e quest'incubo sarà finito». Un sorriso di gioia gli si stampò sul volto, schiuse le labbra e lasciò che la pipa rovinasse a terra. Il click andò a vuoto, Baldo aveva caricato la doppietta con una sola cartuccia. Nuccio rimase a bocca aperta, con la canna inserita a scrutargli il palato. Una lacrima cadde sulla polvere, il bambino che aveva paura dell'acqua non sarebbe venuto a trovarlo e già altri piccoli sguardi parevano bucare il legno della cassa. Si stese sconfitto sulla branda, era il suo turno. Sarebbe diventato il loro pasto, perché questo era il volere del fiume.

Così ricordo

Così ricordo o così mi sembra mia madre mi abbia raccontato in uno dei suoi ultimi momenti di lucidità. Sono passati molti anni e non potrei nemmeno giurare che Nuccio sia davvero esistito. Il faro sì, quello è ancora dove vi ho detto. Non ci torno da anni, mia madre mi portò via dal paese in tutta fretta, prima che a qualcuno venisse in mente di farmi domande a cui non avrei saputo rispondere.

Di quel momento della mia vita conservo le conchiglie e ogni tanto, preparando la zuppa, mi rivedo – bambino in piedi sopra lo sgabello – a congetturare sulla sorte di quei ragazzini. Perduti in Po e ricomparsi in un pentolone per placare la fame segreta dei flutti.

www.ingramcontent.com/pod-product-compliance
Lightning Source LLC
Chambersburg PA
CBHW060110120726
48001CB00016B/3153